PARIS. — IMPRIMERIE F. LEVÉ, RUE CASSETTE, 17.

G. PLANCHON

DYNASTIES D'APOTHICAIRES PARISIENS

II — III

LES BOULDUC
LES PIA

(Extrait du Journal de Pharmacie et de Chimie, 1er avril 1899)

PARIS
OCTAVE DOIN, ÉDITEUR
8, PLACE DE L'ODÉON
1900

8° Z
LE SENNE
13245

DYNASTIES D'APOTHICAIRES PARISIENS

II

LES BOULDUC

Parmi les dynasties d'apothicaires parisiens que je désire signaler à votre attention, celle des Boulduc trouve tout naturellement sa place à côté de celle des Geoffroy, dont je vous ai précédemment entretenus. Venus à la même époque, occupant des charges ou remplissant des fonctions analogues, les membres des deux familles se rencontraient au Bureau des apothicaires, au Jardin du Roi, à l'Académie des Sciences, et les livres d'immatriculation montrent leurs relations étroites et les services mutuels qu'ils se rendaient en introduisant réciproquement leurs fils au sein de la corporation.

Les premiers Boulduc mentionnés sur nos registres sont des épiciers prenant maîtrise. Il n'y a là rien que d'ordinaire. On sait que les apothicaires et les épiciers formaient jadis un seul corps. Dans les anciennes pièces, c'est même très souvent le nom seul d'épicier qui est employé pour désigner dans la série des *six corps* de métiers de Paris la réunion des épiciers et des apothicaires. C'étaient d'ailleurs des bourgeois considérables et généralement riches : il le fallait bien pour trafiquer avec les pays lointains de l'Orient, et faire arriver, à travers bien des obstacles, ces épices si précieuses et si recher-

8°Z Le Senne 13.245

chées. On peut même dire que c'est le commerce de ces denrées exotiques qui a fait la fortune et la situation sociale de plusieurs de ces familles, auxquelles la Science a plus tard apporté l'illustration et la renommée.

En 1595, un Louys Boulduc est reçu maître épicier par chef-d'œuvre (1). Cette dernière mention indique qu'il n'était pas fils de maître; en effet, d'après les statuts de l'époque, les enfants de maîtres n'étaient astreints qu'à un simple examen : on les dispensait du chef-d'œuvre que devaient exécuter les candidats ordinaires (2). Nous pouvons, je crois, en conclure que

---

(1) Le 17 mai 1595.
Registre n° 7 des *Archives de l'Ecole.* — (Registre en parchemin. — Contenant de nombreuses immatricules de 1576 à 1645, feuillet 164.)

(2) Voici le texte de *lettres patentes de Louis XIII portant confirmation de nouveaux statuts en 29 articles pour le corps de l'épicerie et apothicairerie.* — 28 novembre 1638.

« 8. — Seront tenus ceux qui aspireront à la maistrise, faire leur apprentissage par le temps et espace de quatre ans entiers pour les appoticaires espiciers, et trois ans pour les marchands espiciers, et ce pendant demeurer en la maison et boutique d'un maitre y servant actuellement et exerçant la ditte marchandise, lors de laquelle entrée sera passé brevet d'apprentissage par devant notaires, qui sera dûment controllé par lesdits gardes et immatriculé pour estre par ledit aspirant reçeu en son rang, et après lesdits quatre ans expirés pour lesdits appotiquaires, et trois ans pour lesdits espiciers, ceux qui se voudront faire recevoir maistres seront tenus de rapporter leur dit brevet d'apprentissage, avec la quittance et le certificat et attestation du maistre chez lequel il aura fait son dit apprentissage, comme il l'aura bien et fidèlement servi; outre lequel temps d'apprentissage, ceux qui aspireront à se faire recevoir maistres appoticaires seront tenus de servir les maistres du dit art pendant le temps et espace de six ans soit en cette ville de Paris ou ailleurs; et ceux qui voudront se faire recevoir marchands espiciers, trois années, et rapporteront certificat des dits services... Ce fait seront les aspirans diligemment examinez par lesdits gardes sur le fait de la marchandise et art, et choses en deppendantes. et feront le chef d'œuvre qui leur sera ordonné et prescrit par lesdits gardes.

(Pour ce qui est de l'aspirant apothicaire, il devait subir d'abord un examen sur la grammaire, faire son apprentissage, ses six ans de service, subir un premier examen sur les principes de la pharmacie; un second sur les plantes; puis faire un chef d'œuvre, ou composition de 5 médicaments.)

« 12. — Et pour le regard des enfants des marchands espiciers ilz

le Louys en question était au point de vue commercial le fondateur de la maison.

En 1622, deux frères sont reçus maîtres-épiciers le même jour (1). Ils sont donnés comme les fils de feu Louis Boulleduc; l'orthographe est si peu fixée à cette époque que nous ne croyons pas trop nous avancer en identifiant leur père au Louys Boulduc, reçu maître en 1595. L'un des enfants, très probablement l'aîné, porte le prénom du père; l'autre s'appelle Pierre : ils sont tous deux reçus par examen, comme fils de maître.

Une autre branche s'établit parallèlement à la précédente. Anthoine Boulduc (2) est reçu maître par chef-d'œuvre, le 20 novembre 1607 : c'est, dit le registre, le serviteur de Loys Boulduc, ce qui signifie qu'il a fait chez lui ses trois années d'apprentissage. Il fait souche d'épiciers. Vingt-cinq ans après, son fils est reçu par examen comme fils de maître (3).

1° Le premier du nom parmi les apothicaires est Pierre Boulduc. Il est immatriculé en 1636, dans les termes suivants :

« Pierre Boulduc aprentif dhonnorable homme Simon de Sesqueville, marchant apoticquaire espicier nous a esté présenté pour estre immatriculé en son rang par honorable homme Jehan Nicolas, aussi marchant apo-

---

seront reçeus en subissant par eux l'examen seulement, sans estre tenus de faire aucun chef d'œuvre.

« 13. — Et pour le regard des enfants des maistres appoticaires, seront seulement tenus de subir le premier examen et faire le chef d'œuvre qui leur sera ordonné par les deux gardes, de deux compositions seulement. »

(*Métiers et corporations de la Ville de Paris*, I. XIVe-XVIIIe siècles. — *Ordonnances générales. Métiers de l'alimentation*, par René DE LESPINASSE. Paris ; page 527-285.)

(1) « Louys Boulleduc fils de feu Louys Boulleduc a esté reçeu par examen comme fils de mestre le onzième feburier 1622.

« Et le dit jour a esté reçeu Pierre Boulleduc fils de Louys Boulleduc cy dessus nommé par examen. »

(Registre n° 7, feuillet 105, verso.)

(2) *Ibid.* feuillet 175, verso.

(3) *Ibid.*, feuillet 117.

ticquaire espicier pour subir Lexamen et aultres actes nécessaires pour acquérir la maitrise en son Lieu ce que nous lui avons accordé après avoir veu son brevect d'aprentissage et quittance, ledit brevect en datte du sixiesme octobre mil six cens vingt six passé par devant Huart et Haguenier notaires et la quictance dudit Sesqueville en datte du huictièsme octobre mil six cens trente faict en notre bureau ce septièsme octobre mil six cens trente six (1).

« GEOFFROY. DE CAMBRAY. J. THIREMENT (2). »

Il avait donc fait 4 ans d'apprentissage chez Simon de Sesqueville (1626 à 1630) et passé ensuite six ans à servir dans l'officine : c'est l'application exacte des règlements pour les aspirants qui n'étaient pas fils de maître. C'est donc à Pierre que doit remonter la dynastie pharmaceutique des Boulduc.

D'où vient-il? Il est très certainement de la famille des maîtres-épiciers dont nous avons parlé plus haut. Je ne serais pas même éloigné de croire que c'est le Pierre Boulduc, fils de Louis, qui avait été reçu maître-épicier en 1622, en même temps que son frère. Il était assez commun à cette époque de voir les apothicaires commencer par la maîtrise d'épicerie. La seule objection un peu sérieuse à cette hypothèse serait l'âge du candidat. Pierre Boulduc, d'après les indications de son portrait, devait être né en 1607; en 1622 il n'aurait eu que quinze ans et aurait été vraiment un peu jeune pour être admis à la maîtrise. Cette objection n'est pas cependant absolument décisive, si l'on songe surtout que le fils et le petit-fils de Simon Boulduc seront reçus l'un à vingt ans, l'autre à dix-huit, à la maîtrise d'apothicaire qui demandait quatre ans de service de plus que la maîtrise d'épicier.

Quoi qu'il en soit Pierre Boulduc prend une fort hono-

(1) *Ibid.*, feuillet 146, verso.
(2) Voir page 5 l'original avec la signature de Geoffroy Etienne II.

Jules Boulduc apprentif d'honorable homme Henry
de Sequeville marchand apotiquaire espicier nous a
esté presenté pour estre immatriculé en ses vacq par
honorable homme Isaac Nicolas aussi marchand apo
espicier pour faire les services et aultres actes necessaires
pour acquerir la maistrise en son lieu ce que nous
luy avons accordé apres avoir veu son brevet
d'apprentissage et quictance led brevet en datte du
sixiesme octobre mil six cens vingt six passé
pardevant Guart et Gaignerie notaires et la
quictance dud Sequeville en datte du huictiesme octobre
mil six cens trente faict en nostre bureau ce
septiesme octobre mil six cens trente six

Geoffroy — de Cambray — Thirement

rable place dans la corporation. Six ans après sa réception, il est nommé conseiller pour l'apothicairerie dans le conseil des six corps de métiers (1). En 1652, il est chargé par ses confrères de centraliser les souscriptions nécessaires pour payer les dépenses de la conduite des eaux au Jardin des apothicaires, et il le fait avec un zèle couronné du meilleur succès et, en même temps, avec une fermeté et une indépendance d'allure, qui témoigne de l'autorité qu'il exerçait au sein de la Compagnie (2). En 1661, il est élu garde, et à ce titre intervient activement dans diverses délibérations des six corps de métiers.

Le portrait de Pierre Boulduc existe dans notre salle des Actes. Pierre porte, comme tous les personnages de la période Louis XIII, les cheveux longs, tombant sur les épaules, le grand col, en toile blanche, raide, rabattu sur la robe noire. Il a d'ailleurs une belle prestance, la figure pleine : les cheveux bruns, la moustache fournie, pas de royale. La toile, peinte en 1663, le représente à l'âge de 56 ans.

Elle porte en effet l'inscription suivante :

Petrus Boulduc, Pharmacop. Paris, Præfectus annis 1661, 62, 63. *Ætatis* 56 *anno* 1663.

Un blason accompagne le portrait. Il a été fort maltraité par le temps et par des restaurations maladroites, de sorte qu'il est difficile d'y reconnaître bien exactement le vrai blason des Boulduc : d'argent au chevron d'azur, chargé de trois étoiles d'or et accosté de trois ducs (oiseaux) de gueules tenant sous leurs pattes une boule de sable (3).

---

(1) *Registre n° 21 des Archives de l'École (Elections des juges, consuls et conseillers*, page 29).

(2) Voir G. Planchon. — *Le Jardin des Apothicaires*, page 70 et *Journal de Pharmacie et de Chimie* [5] XXIX, 332.

(3) Telle est la description que veut bien nous communiquer notre confrère M. Boymond; il l'extrait de l'*Armorial général de* J.-B. Rietstap, Gouda, 1884, t. I, page 267 au nom Boulduc. Tel devait être le blason primitivement peint sur le portrait : mais la plupart de ces

2° Pierre Boulduc eut pour fils Simon qui accrut la prospérité de la maison. Simon devint, en effet, successivement maître en 1672, conseiller des six corps en 1674 (1), garde pendant les années 1687, 1688, 1689, consul en 1698, juge en 1717. Dans l'ordre plus spécialement scientifique, il est démonstrateur de chimie au Jardin des Plantes et produit de nombreux et intéressants mémoires inscrits dans les publications diverses de l'Académie des Sciences, dont il est successivement élève, associé, pensionnaire et vétéran (2).

C'est aux temps de Simon que s'établissent surtout les rapports avec la famille Geoffroy. Geoffroy Etienne II avait signé, en qualité de garde, l'immatricule de Pierre, mais nous n'avons pas trace d'autres rapports, quoiqu'il en ait déjà probablement existé entre les deux familles. Nous constatons par contre entre Mathieu-François Geoffroy et Simon Boulduc des relations constantes. C'est Simon Boulduc qui accompagne au bureau des apothicaires Etienne-François Geoffroy, le fils aîné de Mathieu-François, pour réclamer des examinateurs pour son premier examen et lui faire donner les deux compositions de son chef-d'œuvre (3). D'autre part, l'année suivante, Mathieu-François Geoffroy prête la même assistance au fils de Simon, Gilles-François, ainsi que nous le verrons plus loin.

Dans le portrait de l'Ecole, Simon Boulduc a la figure pleine de vivacité et d'intelligence; les che-

---

blasons avaient disparu à l'époque de la Révolution sous une couche de peinture et ils ont été rétablis plus tard sans grande préoccupation d'exactitude, au point de vue des couleurs, souvent même en contradiction avec toutes les règles de l'art héraldique. Actuellement le fond de l'écu est jaunâtre, le chevron de couleur blanche, les étoiles de la même couleur, ce qui constitue une grosse hérésie; les boules sont de couleur rouge, les oiseaux (ducs) sont tout à fait effacés. Il est facile de voir par le vrai blason que c'étaient des armes parlantes, les boules et les ducs formant ensemble le nom de la famille Boulduc.

(1) *Ibid.* page 49.

(2) *Histoire de l'Académie royale des Sciences.* Année 1742. Paris, de l'Imprimerie Royale, 1745, page 167.

(3) *Registre n° 21. Ancien Livre des Immatricules des Marchands Appoth. Epiciers quy commence en Lannée* 1604, page 51.

veux ou plutôt la perruque à la Louis XIV sont de couleur brun-foncé. Le grand col Louis XIII est remplacé par un rabat en tissu léger, translucide, qui sur la robe noire donne un faux air d'abbé à plusieurs des portraits de la collection. La toile porte l'indication suivante :

Simon Boulduc Parisiens. Pharmacop. Regius e regia Scientiar. Academia præfectus et Consul. Obiit anno 1729.

Il était déjà, plusieurs années avant sa mort, le doyen de la corporation. Lorsqu'en 1722, on sentit la nécessité d'adjoindre aux gardes de l'apothicairerie trop absorbés, trois directeurs pour s'occuper avec eux des aménagements et de l'embellissement du Jardin, Boulduc fut placé en tête de la liste, comme doyen, et désigné comme *perpétuel*, à la prière de la Compagnie, alors que les autres membres devaient être renouvelés tous les deux ans (1). Sa signature se trouve fréquemment, soit dans le Livre des délibérations, soit dans celui des immatricules. Nous la reproduirons plus bas avec celles de son fils et de son petit-fils.

Outre son titre de maître, Simon Boulduc avait des charges à la cour; il était apothicaire de Madame, la seconde femme de Philippe d'Orléans, frère de Louis XIV, et de la reine douairière d'Espagne. Cette situation le mettait en contact avec plusieurs grands personnages, qui appréciaient fort ses services. Son officine était dans la rue des Boucheries-Saint-Germain, auprès de la foire Saint-Germain, sur l'emplacement de laquelle a été établi le marché de ce nom : donc à côté des hôtels de la noblesse de l'époque (2). Ces relations avec de grands personnages, ne fussent-elles que de client à marchand, avaient certainement facilité l'établissement

(1) *Livre des Délibérations* (Assemblée du 6 mars 1722).

(2) Il y a plusieurs apothicaires de cette communauté qui se piquent d'avoir chez eux un grand assortiment de préparations chimiques et pharmaceutiques : par exemple.

Messieurs Geoffroy, rue Bourtibourg, et Bolduc, rue des Boucheries-Saint-Germain, qui opère au Jardin des Plantes.

(Le *Livre commode* des adresses de Paris pour 1692, par Abraham du Pradel (Nicolas de Bleigny.) Paris, Daffis, 1878, t. I, p. 365.

de son fils Gilles-François, qui a porté à son apogée la prospérité de la famille.

3° Gilles-François était né en 1675. Dortous de Mairan, qui a fait son éloge en qualité d'académicien, nous apprend qu'il s'appliqua d'abord à la physique de Descartes, sous la direction de M. Régis, « qui lui ouvrit tous ses trésors ». Puis il se voua entièrement à la chimie, guidé par M. de Saint-Yon, médecin-professeur au Jardin des Plantes et par son père qui y était démonstrateur. « Ce père attentif à l'instruction d'un fils qui lui paraissait de plus en plus mériter tous ses soins, retraçait chaque jour à ses yeux dans le particulier, et par mille opérations délicates mais sensibles, ce qu'une théorie abstraite n'avait présenté qu'à l'esprit. Les leçons domestiques aidaient merveilleusement celles du Jardin du Roi, et les unes et les autres secondées par le goût vif du jeune artiste, le mirent bientôt en état de se distinguer dans la profession à laquelle on le destinait (1). »

En 1695, à l'âge de vingt ans, il fut reçu maître dans le corps des apothicaires.

« Ce jourdhuy quatorziesme janvier 1695, monsieur Mathieu François Geoffroy nous a présenté François Boulduc, fils de monsieur Simon Boulduc, ci-devant garde qui nous a certifié qu'il estoit de la religion catholique apostolique romaine, pour estre immatriculé pour exercer la Pharmacie, ce que nous luy avons accordé en faveur de laquelle immatricule il a donné la somme de huit cens livres..... Il nous a en même temps supplié de luy donner des Interrogateurs, ce que lui avons accordé.

Domini Interrogaturi

MM.	CLAUDE BIET	CHAMPAGNEUX	HÉRON
	SOUBIRON	BALBY	GEOFFROY
	LENOIR	MOLINIER	REGNAULT (2) ».

(1) *Histoire de l'Académie des Sciences*. Année 1742. Paris 1745, pages 168).

(2) *Registre 21 des Archives*, pages 56 et 57.

La formule d'immatriculation n'est plus semblable à celle du temps de Pierre Boulduc, en 1636; les conditions nécessaires à l'immatriculation se sont en effet modifiées : elles étaient auparavant d'ordre purement administratif et professionnel; il s'y ajoute à présent une obligation d'une tout autre nature, des conditions religieuses, qui sont bien dans l'esprit des temps. Le candidat doit déclarer qu'il est de la religion catholique, apostolique et romaine. Les rigueurs qui ont éloigné de la France les Lemery, les Charas et tant d'autres sont appliquées depuis longtemps déjà. La première immatriculation qui porte la mention intolérante est du 7 février 1673; on la retrouve, à partir de cette date, mais d'abord presque perdue au milieu des immatricules ordinaires. Même après la révocation de l'édit de Nantes en 1685, les gardes oublient ou négligent souvent d'ajouter cette déclaration dans le registre des matricules : ce n'est qu'au XVIIIe siècle qu'elle finit par devenir tout à fait de règle.

Sept jours après l'immatriculation de Gilles-François Boulduc, Gallet, apothicaire, était venu avec son aspirant, Paul Dubois, cy devant immatriculé, demander au bureau un jour pour subir son premier examen, et on lui avait accordé le mercredy prochain vingt-six du courant, sans préjudice aux droits et privilège de M. Boulduc pour son fils, étant fils de maître (1).

Cette dernière restriction demande une explication. Les fils de maître avaient un certain nombre de privilèges, dont quelques-uns se rapportant au nombre et à la matière de leurs examens étaient parfaitement déterminés. D'autres beaucoup moins bien définis, avaient trait au rang dans lequel ils pouvaient passer ces examens, quand ils étaient inscrits concurremment aux aspirants ordinaires. Ils pouvaient, en effet, faire leur chef-d'œuvre avant ces candidats, alors même que ceux-ci avaient été immatriculés avant eux, et par

(1) *Ibidem*.

suite être portés en meilleure place sur le tableau du catalogue des maîtres et jouir des prérogatives que conférait cette priorité du rang. Mais dans quelles limites pouvaient s'exercer ces droits? La question n'était pas suffisamment réglée et des contestations s'élevaient fréquemment, dont nous trouvons le souvenir dans les délibérations de la communauté. Ce ne fut que fort tard en 1714, qu'on aborda franchement cette discussion et qu'on établit des règles à cet égard (1).

---

(1) Délibération du 30 octobre 1714.

Ce jourd'huy trentième d'octobre mil sept cents quatorze. La compagnie étant assemblée en nombre suffisant pour pouvoir délibérer sur les matières qui seroyent proposées, Messieurs les gardes ont représenté qu'il serait bon de prévenir dans la suitte les contestations qu'on a veu survenir depuis quelque temps entre les aspirants, fils de maîtres, aspirants à l'ordinaire ou aggregez, au sujet du rang ou lieu qu'ils devoyent aueir sur le catalogue des marchands apothicaires espiciers, qui est la règle que l'on suit dans les nominations et dans toutes les assemblées, où les confrères ont droit de séance en voix délibérative pour donner leurs suffrages; lesquelles contestations n'arrivent que par rapport au temps et à la datte des différentes immatricules et par rapport au nombre et à la distance des actes faits devant ou après les immatricules des uns et des autres.

La matière mise en délibération d'une commune voix la compagnie a jugé à propos d'établir pour règle constante, qui sera reconnue et suivie à l'avenir les articles suivants sçavoir :

1° Lorsqu'un fils de maître sera immatriculé entre les deux examens d'un aspirant à l'ordinaire, il aura de droit son rang dans la compagnie et sur le catalogue avant le dit aspirant, pourveu qu'il subisse son examen un mois après son immatricule, après lequel examen l'autre aspirant pourra subir son examen des plantes, ensuite le fils de maître fera son chef d'œuvre avant luy et prestera serment le premier devant M. le lieutenant général de police, pourveu que l'espace de temps entre son examen et son chef d'œuvre ne soit pas de plus de quinze jours.

2° Lorsque le fils de maître ne sera immatriculé qu'après les deux examens d'un autre aspirant, il ne pourra pas prétendre avoir rang dans la compagnie ou sur le catalogue avant ledit aspirant, a condition neanmoins que ledit aspirant fera son chef d'œuvre dans quinze jours a compter de l'immatricule du fils de maître, moyennant quoy il sera presenté le premier à la prestation de serment et aura son rang avant ledit fils de maître.

3° Pour ce qui est de ceux qui seront receus par aggrégation, s'ils sont immatriculés après un fils de maître ou un autre aspirant, ils n'auront point rang dans la compagnie avant les dits fils de maître ou autres et ne seront point presentez à la prestation de serment avant eux, à condition que les fils de maîtres ou autres subiront leurs exa-

Dans le cas spécial dont il s'agit, Boulduc ne passa son premier examen qu'après Paul Dubois, le 8 février 1695; mais le 25 février, conduit par M. F. Geoffroy, il recevait du bureau le programme de son chef-d'œuvre (*Pulvis contra pestem* de la description de Renou, et *Diascordium de Fracastorius*), et il terminait tous ses actes le 14 du mois de mars, près de deux mois avant la réception définitive de son camarade.

La situation de sa famille, l'autorité dont jouissait son père, son propre mérite devaient le faire remarquer aussi bien dans le cercle qu'en dehors de la corporation. Aussi fut-il nommé successivement garde en 1710, juge, consul, enfin échevin en 1728. Cette dernière fonction lui avait valu entre autres faveurs la concession de 4 lignes d'eau de la Ville de Paris; il marqua son attachement à la corporation en obtenant de faire transporter au service du Jardin de la rue de l'Arbalète, ce don qui lui avait été fait pour lui-même et pour sa maison (1).

Ses travaux scientifiques lui avaient ouvert le Jardin des Plantes, où il remplit comme son père les fonctions de démonstrateur de chimie, et aussi l'Académie

---

mens et feront leurs chef d'œuvre dans les distances de temps qui suivent.

Les fils de maître un mois après leur immatricule subiront leur examen et quinze jours après leur examen feront leur chef d'œuvre.

Les autres aspirants subiront leur premier examen quarante jours après leur immatricule, vingt jours après leur premier examen ils subiront le second, et quinze jours après leur second examen ils feront leur chef d'œuvre.

Lesquelles distances de temps entre les examens et chefs d'œuvres ci dessus marquées, n'auront lieu à la rigueur qu'au cas de concurrence entre les aspirants pour le rang. La compagnie par la presente deliberation fixant le temps des exercices pour les réceptions ordinaires à l'espace de trois mois au plus pour les examens et chefs d'œuvres.

Tout ce que dessus a esté receu et approuvé par les suffrages unanimes de toute la compagnie et les confrères marchands apoticaires epiciers presents à l'assemblée ont signé, fait et arrêté en notre bureau ce trentième jour d'octobre mil sept cents quatorze.

(*Livre des Délibérations*, n° 37, page 67.)

(1) Voir dans le livre II des *Archives*, Concessions d'eau, les pièces portant les numéros 19 et 23.

des Sciences. En 1699, il était entré dans cette compagnie en qualité d'élève et devenait en 1727 associé ordinaire. C'est dans les mémoires de l'Académie que furent insérés ses travaux, se rapportant tous à des sujets variés, mais avec ce caractère commun d'être scientifiques, sans perdre de vue le côté pratique et pharmacologique. Il s'était occupé, concurremment avec Geoffroy, du sel de Seignette et était arrivé aux mêmes résultats que lui. « Pendant que M. Boulduc lisait à l'Académie son mémoire sur le sel de Seignette et qu'il montrait un cristal qu'il venait de faire de ce sel, M. Geoffroy qui travaillait comme lui sur cette matière, sans qu'ils s'en fussent rien communiqué, entra dans l'assemblée, reconnut le sel polychrest à la première inspection de son crystal et sur le champ il en alla chercher de tout pareil qu'il avait fait aussi. L'Académie ayant vu les pièces justificatives de part et d'autre, et entendu contradictoirement les parties, jugea que la découverte serait donnée sous les deux noms, comme elle l'a été, en effet, dans l'histoire de 1731. Il y a dans toutes les sciences des principes et des règles invariables, qui ne peuvent manquer de conduire au même but ceux qui sçavent les manier (1). »

Boulduc avait été nommé, en 1712, premier apothicaire du roi, et en 1735, premier apothicaire de la reine. Comme son père, il avait une grande réputation d'honnêteté et aussi de science. Saint-Simon, dont il était l'apothicaire, en a parlé très avantageusement dans ses mémoires. « C'était, dit-il, un excellent apothicaire du roi, qui, après son père, avait été et était encore le nôtre, avec un grand attachement et qui en savait pour le moins autant que les meilleurs médecins, comme nous l'avons expérimenté, et avec cela beaucoup d'esprit et d'honneur, de discrétion et de sagesse (2). »

(1) *Histoire de l'Académie des Sciences pour* 1742 (Éloge de Gilles Boulduc), p. 169.

(2) Saint-Simon. *Mémoires*. Edit. Hachette, in-18, t. VI, p. 238.

Bouldue usa toujours de ces relations à la cour dans l'intérêt de la corporation : il assistait probablement peu aux réunions de la rue de l'Arbalète ; sa signature ne se trouve que rarement au bas des comptes rendus ; ses fonctions le retenaient très souvent à Versailles : il ne se rendait guère au bureau des apothicaires que dans les circonstances importantes.

Son portrait de la salle des Actes porte inscrit sur la toile : *Ægid. Francisc. Boulduc Parisinus Regis et Reginæ Pharmacop. Primarius è regiâ Scientiar. Academia Dudum præfectus consul et Ædilis.* Il porte une grosse perruque de couleur grise, pas de moustache ni de royale : les traits sont forts, le visage pâle, la physionomie moins éveillée et moins vive que celle de ses prédécesseurs.

Les relations liées entre M. F. Geoffroy et Simon Boulduc se continuent toutes semblables entre leurs fils. C'est F. G. Boulduc, qui est le conducteur de Claude-Joseph Geoffroy (1) et à son tour, c'est ce dernier qui introduit dans la corporation le fils de Gilles, Jean-François Boulduc (2).

4° Jean-François Boulduc était tout jeune quand son père mourut en janvier 1744 ; il n'avait que quatorze ans, mais il avait obtenu du vivant de Gilles Boulduc la survivance de sa charge ; il fut donc nommé apothicaire du roi. Trois ans après, Claude-Joseph Geoffroy le faisait immatriculer, et le 17 mars 1745, il lui faisait donner les compositions pour son chef-d'œuvre et dans le nombre le sel polychreste soluble de Seignette, qui rappelait à la fois les travaux de son père et ceux de son patron.

Jean-François Boulduc n'a pas laissé de traces bien remarquables, ni dans les Actes de l'école, où nous trouvons à peine sa signature (3), ni dans les sociétés

(1) Registre n° 21, page 82.

(2) Registre n° 22, page 170.

(3) Voici le *fac simile* de la signature des trois derniers Boulduc : la première de Simon ; les deux suivantes de François Gilles — l'une avec

pharmaceutiques. Il remplit très probablement sans grand éclat sa charge d'apothicaire du roi et continua, rue des Boucherie-Saint-Germain, la gestion de son officine. D'après le Dr Dureau (1), il avait amassé une belle collection de conchyliologie, ce qui laisserait supposer qu'il s'était adonné à l'histoire naturelle. Les listes de l'almanach royal le portent jusqu'en 1768 parmi les apothicaires du roi. A partir de 1769, il n'en est plus question; il est probable qu'il est mort à cette époque. Ainsi s'éteint la dynastie des Boulduc.

Au terme de cette esquisse historique, nous pouvons, en connaissance de cause, confirmer notre impression initiale sur la très grande analogie dans le développement des deux familles, dont nous nous sommes occupé. Leur marche est sensiblement la même. Baptiste et les premiers Etienne Geoffroy préparent l'importance sociale de la famille comme les Boulduc épiciers créent des ressources pour leurs successeurs apothicaires. Avec le dernier Etienne Geoffroy et Pierre Boulduc,

une F pour se distinguer de son père, l'autre sans F après la mort du père ; la dernière de Jean-François.

(1) Dr Dureau. *Notes Biographiques sur quelques naturalistes ayant habité le VIe arrondissement* (*Bulletin de la Soc. Hist. du VIe arrondissement de Paris.* Avril-sept., 1898, page 80).

les deux familles prennent l'une et l'autre une place remarquée parmi leurs confrères et dans le commerce de la ville de Paris. Simon Boulduc, avec une valeur personnelle, supérieure au point de vue scientifique, Etienne-François, avec plus de surface et des relations sociales plus étendues, font à leurs fils une situation fort enviable, que ceux-ci augmentent encore par leur mérite personnel et la valeur de leurs travaux. Puis, au moins au point de vue pharmaceutique, le déclin arrive rapidement, avec deux descendants morts jeunes l'un et l'autre et qui n'ont pas laissé de successeur direct.

Boulduc (*Louys*)
(maitre épicier en 1595)

Louys Boulleduc (maître-épicier en 1622)	*Pierre Boulleduc* (maitre-épicier en 1622) probablement le même que *Pierre Boulduc* maitre-apothicaire en 1636 | *Simon Boulduc* (maitre en 1672) | *Gille-François Boulduc* (1675-1742) (maitre en 1695) | *Jean-François Boulduc* (1728-1769) (maitre en 1745)

DYNASTIES D'APOTHICAIRES
PARISIENS

III

LES PIA

Les Geoffroy et les Boulduc nous ont montré comment se préparaient dans le monde des apothicaires les dynasties scientifiques, comment elles s'élevaient de la profession commerciale à la science désintéressée et à la considération, qui en est la conséquence. Avec les Pia, nous allons voir les mêmes vertus chez les pères mettre les fils en situation de rendre au public des services non moins précieux, et de recueillir dans un autre domaine des honneurs analogues.

Le nom des Pia se trouve dans nos Archives pendant toute la durée du XVIIIe siècle et au commencement du XIXe : mais il ne se rapporte pas toujours aux membres d'une même famille : la dynastie proprement dite ne compte pas plus de deux générations. Les autres Pia appartiennent à une parenté différente : ils offrent cependant quelque intérêt et nous nous en occuperons incidemment après avoir clos l'histoire de la famille proprement dite.

C'est au commencement du XVIIIe siècle, que le premier Pia est porté sur le registre des matricules et examens. Il se nomme *Spire Nicolas* (*Exuperius Nicolaus*). Il est emmené au Bureau des Apothicaires par Pradignat son patron, le 4 décembre 1711, passe ses examens dans les formes ordinaires, que nous avons déjà mentionnées pour les Geoffroy et les Boulduc (1). Le 8 septembre 1712, il reçoit la liste des compositions qu'il doit exécuter pour son chef-d'œuvre (2) et quelques jours après est admis à la maîtrise.

Dès lors nous trouvons fréquemment sa signature dans les livres des actes de la corporation, soit comme examinateur soit comme conducteur de divers aspirants. La Compagnie le charge de diverses missions honorables : elle le désigne en 1722 parmi les collègues qu'elle associe aux travaux du Codex, qui ont abouti à l'édition de 1732 (3). En 1748, il fait partie de la Commission chargée de soutenir les droits de la Corporation contre l'enregistrement des Lettres patentes accordées à plusieurs particuliers se disant distillateurs et envahissant le domaine des apothicaires (4). Ces querelles qui nous paraissent si mesquines de nos jours avaient alors une grosse importance aux yeux des intéressés.

En même temps Nicolas Pia était nommé garde pour les années 1728, 1729, 1730 : il était consul en 1737 et juge en 1743. Il eut donc la plupart des dignités, qui pouvaient être accordées aux apothicaires soit dans leur corporation spéciale, soit dans l'assemblée des six corps de métiers de la ville de Paris.

Nous n'avons que peu de renseignements sur la vie de Nicolas Pia. Nous ne connaissons ni l'année de sa naissance, ni la famille d'où il est sorti. Cadet de Gassicourt dans la Biographie universelle de Michaud (article Philippe-Nicolas Pia), dit que Nicolas avait, par une conduite régulière, acquis de l'aisance. A-t-il publié quelques travaux? la chose n'est pas probable. En tout cas nous n'en avons trouvé aucune trace.

Son portrait est dans la collection de la Salle des

(1) *Registre* (ancien livre des immatriculés) n° 21, p. 100; et *Registre* (servant aux immatricules de 1712 à 1750) n° 22, p. 1.

(2) Le sirop de *Ibisco*, du Codex, le Diascordium, lamplastre divin, longuent martiatum, l'huile de Nard et la poudre de Diarrhodon, du Codex, et la tablette.

(3) *Livre des Délibérations* n° 37. Séance du 10 novembre 1722, fol. 11 verso.

(4) *Livre des Délibérations* n° 37 *bis*. Séance du 20 février p. 5, 1748.

Actes de l'Ecole de Pharmacie avec l'indication suivante sur la toile : *Nicolaus Pia, Pharmacopœorum Parisiensium Prœfectus annis* 1728, 29 *et* 30. La figure est bien caractérisée, longue, brune, d'aspect austère. Pas de barbe, ni de moustache : la perruque longue, blanche, tombant de chaque côté du buste au-dessous des épaules ; la robe noire avec le rabat.

2° Le 29 décembre 1719, Nicolas Pia présentait au bureau de la Corporation son frère Claude pour être immatriculé (1), et demandait pour lui des interrogateurs. Claude, après avoir subi ses deux examens, composait son chef-d'œuvre du 27 au 31 juillet 1720 et était reçu maître à cette date. A partir de ce moment, sa signature qui se distingue bien de celle de son aîné se trouve fréquemment dans les divers livres des actes de l'Ecole. Par une circonstance qui mérite d'être signalée, cette signature présente dans quelques pièces pendant la période de 1761 à 1763 une forme différente de l'ordinaire, à tel point que nous nous sommes un moment demandé s'il n'avait pas existé un autre Pia que ceux dont il s'agit dans cet article. Mais, en examinant de près, nous avons pu vérifier tout d'abord que dans les pièces en question la signature habituelle de Claude ne se trouve jamais concurremment avec cette forme extraordinaire ; ensuite qu'il y avait dans un ou deux cas une signature intermédiaire entre les deux formes et formant une transition évidente de l'une à l'autre (2).

(1) *Registre* n° 22, p. 45.

(2) Voici les signatures que nous avons pu recueillir sur les livres des actes de la corporation :

1° De Nicolas Pia : Elle n'a pas varié.

Claude Pia passa par les diverses charges de la corporation : garde en 1744-45-46, il fut nommé consul des six corps de métiers en 1750.

3° En 1721 naquit un fils à Nicolas : ce fut Philippe-Nicolas Pia. Il reçut une éducation soignée, mais, nous dit son biographe Cadet de Gassicourt (1), ses heureuses dispositions furent moins secondées par les leçons de ses maîtres que par l'exemple et les vertus de son père. Tout jeune il avait en Allemagne la situation de pharmacien en chef de l'armée française ; il fut en outre nommé pharmacien de l'hôpital de Strasbourg (2). Après ces services rendus, il revint à Paris pour suivre les leçons des professeurs de l'Ecole de médecine, et songea à se faire recevoir maître en pharmacie. Conduit par Antoine Barbe et accompagné par son père, il vint demander le 2 janvier d'être immatriculé, et le 17 janvier 1744 des interrogateurs pour subir devant eux, devant le Doyen et les Professeurs en Pharmacie de la Faculté de médecine et devant les Gardes de la Corporation son examen de tentative. Le 24 février 1744, il reçoit les listes des com-

2° De Claude Pia :

On voit d'une manière très évidente que la seconde forme sert de transition entre les deux formes extrêmes.

3° Celles de Philippe-Nicolas Pia :

qui ne varient guère que par la forme du P à sa base.

(1) *Biographie universelle par une Société de gens de lettres et de savants.* Paris, Michaud, 1823, t. XXXIV, p. 243.

(2) Balland. *Travaux scientifiques des pharmaciens de l'armée.*

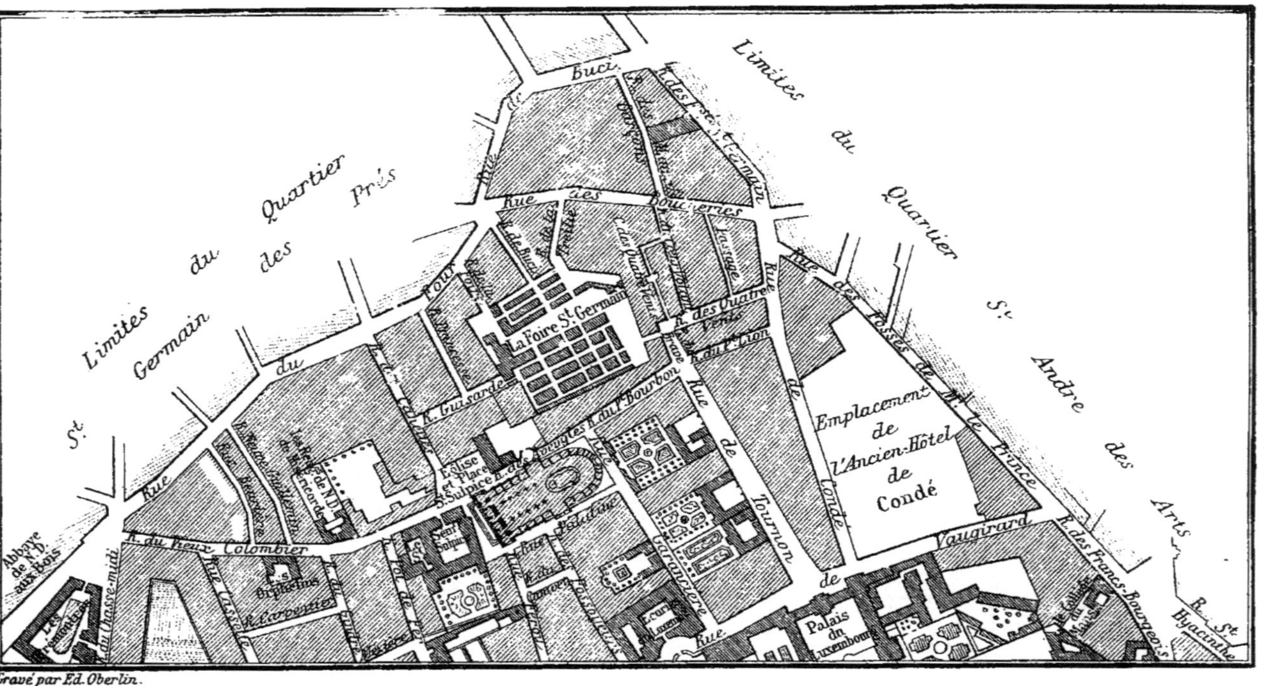

Gravé par Ed. Oberlin.

positions de son chef-d'œuvre (1) et, les ayant exécutées, il est quelques jours après reçu maître apothicaire.

Dès ce moment les trois Pia signent aux délibérations et sur les registres d'examen : les dénominations sous lesquelles les désignent les procès-verbaux ont parfaitement claires : *Pia l'aisné*, c'est Nicolas ; *Pia le jeune*, c'est Claude, *Pia le fils* ou *Pia fils*, c'est Philippe-Nicolas.

Les indications de l'Almanach royal nous fixent sur l'emplacement de leur officine. Ils sont fort rapprochés l'un de l'autre, aux alentours de la Foire Saint-Germain (marché Saint-Germain actuel) (2) : Nicolas dans la rue du Vieux-Colombier ; Claude dans la rue des Boucheries-Saint-Germain, non loin de l'officine des Boulduc ; Philippe-Nicolas au carrefour de la Croix-Rouge.

Ce fut Philippe-Nicolas qui illustra le nom de la famille. Bientôt après son entrée dans la Corporation, il en devint un des membres importants : il fut garde en 1763, 64 et 65. En 1766, il s'occupa activement de la création d'un cabinet de matière médicale (3). Il resta établi à la Croix-Rouge jusqu'en 1772. A cette époque il céda la direction de son officine à son neveu Deyeux, qu'il y avait attaché depuis plusieurs années et qui, par son assiduité, son zèle et ses talents avait mérité de toutes façons d'être son successeur. L'Almanach royal de

(1) Il fera le Diascordium, le syrop Diacode, la poudre antispasmodique, les tablettes de la même poudre, le baume Fioraventi, les pilules de Morton, l'extrait de safran, les fleurs de benjoin et le baume de soufre, le tout suivant le Codex.

(2) Dans les plans de Paris de cette époque, on voit du côté de la foire Saint-Germain : la rue de Tournon descendant du palais du Luxembourg jusqu'aux abords de la foire, restant séparée de la rue de Seine, qui commence plus bas ; la rue des Boucheries-Saint-Germain, partant de la jonction de la rue du Four à la rue de Bussy et s'étendant vers la rue des Fossés-Saint-Germain (rue de l'Ancienne-Comédie actuelle : cette rue a été emportée en grande partie de nos jours par le boulevard Saint-Germain). Quant à la rue du Vieux-Colombier, elle s'étend comme actuellement de Saint-Sulpice au carrefour de la Croix-Rouge, où se trouvait jadis une grande croix peinte en rouge donnant son nom au carrefour. Nous donnons ci-contre le plan de cette région d'après Jaillot. *Recherches sur la Ville de Paris*. Paris, 1775. 5 vol. in-8°, t. V, quartier du Luxembourg. Carte.

(3) La Compagnie, d'une voix unanime, a remercié M. Pia, le fils et

l'année 1773 donne pour domicile à Pia, l'hôtel de Saint-Cyr, dans la rue des Grands-Augustins (1). Il se préoccupe surtout à cette époque d'œuvres de philanthropie, et particulièrement d'une grave question, à propos de laquelle il a rendu de grands services. Un préjugé régnait alors, qui n'est d'ailleurs pas complètement dissipé de nos jours : c'est qu'il n'était point permis de retirer un noyé de l'eau avant que l'officier de police ne fût présent pour constater le fait. De nombreux exemples de personnes ramenées à la vie, même après ces regrettables retards, montraient cependant qu'il y avait chance de sauver bien des malheureux en appliquant aussitôt que possible les secours appropriés. Pia, nommé en 1770 échevin de la ville de Paris réagit contre cette coutume barbare, et il fit établir le long de la Seine dans des endroits déterminés des boîtes contenant les appareils et les substances utiles au traitement des noyés (2) : eau-de-

M. Bert, des peines et soins qu'ils ont bien voulu prendre à l'occasion dudit Cabinet de matière médicale et de ladite Bibliothèque, les a priés de continuer avec le même zèle et leur a donné pour adjoints dans ce travail MM. Vassou et Tassart, nos confrères, pour conjointement avec eux faire aux conditions les plus avantageuses au corps les achats de drogues simples pour le Cabinet et des livres pour la Bibliothèque, qui consisteront en ouvrages de chimie, de pharmacie et d'histoire naturelle, pourquoi elle les autorisa... (*Livre des Délibérations.* Séance du 7 janvier 1766.)

(1) Jaillot dit à propos de cette rue. Elle commence sur le quai des Augustins, et aboutit à la rue Saint-André-des-Arcs. A peine Mathieu de Vendôme eut-il acquis plusieurs maisons et jardins, dans le dessein d'y bâtir un collège pour les religieux de Saint-Denys, dont il était abbé, qu'on en donna le nom au chemin qui traversait alors ce terrain : dès 1629 on l'appelait rue de l'*abbé de Saint-Denis* et successivement rue du *Collège Saint-Denys*, des *Ecoles* et des *Ecoliers Saint-Denys*. Cet hôtel ou collège contenait tout l'espace renfermé entre les rues Contrescarpe et Saint-André, partie de la rue Dauphine, et celui où l'on a depuis ouvert les rues d'Anjou et Christine; et de l'autre côté de la rue des Grands-Augustins, une grande maison avec jardins qu'on appelait encore en 1635, la *Maisons des trois charités Saint-Denys*, ensuite l'*Hôtel des charités Saint-Denys*. Ce n'est que depuis quelques années qu'on a oté cette inscription, pour y substituer celle d'*Hôtel de Saint-Cyr*. (Jaillot, *opus cit.* t. V, quartier Saint-André-des-Arcs, pp. 19 et 20.)

(2) *Description de la boite-entrepôt*, contenant les secours qu'on est dans l'usage d'administrer aux noyés, d'après l'établissement que la ville de Paris a fait en leur faveur. (*In* Détail des succès de l'établissement que la Ville de Paris a fait en faveur des personnes noyées, etc. Paris, 1776, in-8°, t. II, p. 275.)

vie camphrée; esprit volatil de sel ammoniac; canule à bouche et soufflet pour introduire de l'air dans le poumon; machine fumigatoire permettant d'insuffler dans l'intestin de la fumée de tabac. En dedans du couvercle de la boîte une instruction très claire indiquait la manière d'opérer. Grâce à l'application de ces procédés, 23 noyés furent sauvés du mois de juin 1772 au mois de mars 1773; et dans l'espace de 3 ans, Pia put relever plus de six cents cas de sauvetage analogues. Il payait d'ailleurs de sa personne et de sa bourse. La réputation de ces succès se répandit en France et à l'étranger et de nombreuses localités installèrent des appareils analogues à ceux de Paris. Pia donne le nom de nombreux endroits où il a fait expédier 207 boîtes toutes garnies. En Angleterre, mais surtout en Hollande on s'inspira de son exemple; et dans ce dernier pays les résultats furent si satisfaisants, que la République néerlandaise voulut lui témoigner sa reconnaissance en faisant frapper une médaille en son honneur.

En France on reconnut aussi ses services; il fut fait chevalier de l'ordre de Saint-Michel et nommé en 1778 administrateur de l'hôpital général. Il exerça ces fonctions avec beaucoup de zèle pendant près de 20 ans et ne donna sa démission que peu de temps avant sa mort. En 1788, il avait quitté la rue des Grands-Augustins pour rentrer dans le faubourg Saint-Germain, à la rue de Tournon (1). Au moment de la Constitution de la Société libre des Pharmaciens de la Seine (20 mars 1726) il y était à côté de son neveu Deyeux.

La charge d'échevin, qu'il avait exercée pendant l'annnée 1780, lui avait valu l'octroi de 4 lignes d'eau sur les fontaines d'Arcueil. Voici le brevet qui en fait foi :

« A tous ceux qui ces présentes Lettres verront Jean Baptiste François de la Michodière, chevalier comte d'Hauteville, seigneur de la Michodière... Romène et

(1) *Almanach royal.* Année 1788.

autres Lieux, Conseiller d'Etat, Prévôt des Marchands et les Echevins de la Ville de Paris salut savoir faisons, qu'en considération des services rendus à la Ville par Philippe Nicolas Pia, Ecuier Echevin de cette ville, et de ceux qu'il continuera de rendre pendant le Cours de Sa Magistrature, Nous par ces causes et autres a ce nous mouvant, avons, oui et ce consentant le Procureur du Roi et de la Ville, donné, concédé et octroié, donnons, concédons et octroions par ces présentes au dit Sieur Pia un cours d'eau de quatre lignes en superficie, provenant des eaux de la Rivière, Pour en jouir par lui ses successeurs et ayants cause à perpétuité. En conséquence ordonnons qu'il sera emploié pour lad. quantité dans l'Etat de distribution qui sera par nous fait, et qu'elle lui sera délivrée par une ouverture de jauge dans un bassinet particulier, à celle des fontaines, ou à celui des Regards qui lui sera le plus commode.

. . . .

Si donnons en mandement au Garde aiant charges des Eaux et fontaines publiques de cette ville de tenir la main à l'exécution des présentes. En témoin de quoi nous avons fait sceller, ces dites présentes du Scel de la prévôté des marchands. Ce fut fait et donné au Bureau de la Ville de Paris le trente juin mil sept cent soixante douze.

TAITBOUT. (1)

A l'exemple de Boulduc, Pia ne garda point pour lui cette prérogative. Par acte notarié du 23 juillet 1778, passé devant Me Deyeux, notaire au Châtelet de Paris, il fit transporter au collège de Pharmacie, qui en avait grand besoin pour son jardin, le bénéfice de cette propriété. Dans la séance du 10 novembre, l'assemblée des Apothicaires envoya près de lui, pour lui exprimer toute

(1) *Registre* n° 2 *des Archives de l'École*. Concession d'eau. Pièce n° 24.

sa reconnaissance, ses collègues Laborie, Tassard, Mitouart et Parmentier.

La fin de sa vie ne fut point heureuse : M. Balland dit qu'il mourut dans la pauvreté : la chose est possible, quoique nous ne la trouvions pas indiquée dans les documents que nous possédons. Cadet de Gassicourt, dont le grand-père avait été en relations intimes avec Pia, parle, dans son article de la biographie Michaux, de la triste fin de cette vie, assombrie par les malheurs des siens au moment de la tourmente révolutionnaire. « La douleur, dit-il, de voir périr sur l'échafaud ses vertueux amis et un neveu qu'il chérissait lui ravit en peu de temps la raison et la vie : il mourut le 25 floréal an VII (4 mai 1799) à l'âge de 78 ans. »

Il nous reste de lui un portrait dans la salle des Actes : La figure est avenante, d'un teint clair, rosé. La perruque, blanche de poudre, ne descend pas beaucoup au-dessous des oreilles. La robe est noire avec les manches rouges ; le rabat noir bordé de blanc ; sur la poitrine une croix suspendue à un ruban noir passant autour du cou. Du cercle central, sur lequel est peint un sujet peu visible, se détachent quatre branches émaillées de blanc, séparées à leur base par de petites fleurs de lis d'or. C'est la croix de Saint-Michel. La toile porte dans le bas : *Philippus Nicolas Pia Pharmacopœus ædilis et ordinis sancti Michaelis Socius.*

Avec Philippe-Nicolas finit la dynastie. La famille est encore représentée dans la pharmacie parisienne, par un de ses proches, par Deyeux, son propre neveu, son élève favori, qui, après l'avoir dignement continué dans son officine, devint démonstrateur au Collège, professeur à l'Ecole de pharmacie et à la Faculté de Médecine. Mais il ne porte point le nom de famille et nous ne pouvons par suite l'inscrire dans le tableau très simple qui résume la filiation des Pia.

(1) *Ibidem.* Pièce n° 25.

Pia

Spire-Nicolas Pia (1766) (maître en 1712)	*Claude Pia* (1777) (maître en 1720)
Philippe-Nicolas (1721-1799) (maître en 1744)	

D'autres Pia sont portés sur les registres de la Corporation et du Collège. Nous leur consacrerons quelques pages.

Le plus ancien s'appelle Jean-Baptiste.

« Du samedi, six juillet mil sept cent soixante cinq, lisons nous dans le livre des matricules (1) après avoir pris l'avis de Messieurs les anciens gardes et de la Compagnie générallе, convoquée par billets à la manière accoutumée, et avoir communiqué à la ditte Compagnie le brevet d'apprentissage du sieur Jean-Baptiste Pia, fait chez le sieur Louis-René Bailly, notre confrère, ensemble le certificat d'études pour le temps prescrit par les Statuts, et attestants d'ailleurs la fidélité, capacité, vie et mœurs du dit sieur Jean-Baptiste Pia... nous avons, conformément à l'avis de la Compagnie généralle, immatriculé le dit sieur J.-B. Pia et lui avons donné pour conducteur Monsieur Nicolas-François Santerre L[né] notre confrère et nous nous sommes résolus de lui nommer les interrogateurs d'office, au jour auquel les autres interrogateurs seront tirés au sort. » J.-B. Pia verse la somme de 1053 livres.

Remarquons à propos de cette immatricule qu'aucun des Pia, dont nous nous sommes occupés n'intervient dans la présentation de Jean-Baptiste au bureau, ce qui paraît bien montrer qu'il n'y a pas entre eux de liens de parenté. — A un autre point de vue notons la différence entre cette inscription et celles que nous avons précédemment rapportées à propos des Geoffroy, Boulduc et

(1) *Registre des matricules* n° 23.

des premiers Pia. Le certificat de bonne vie et mœurs y remplace la déclaration de foi religieuse.

Pia passe successivement avec succès ses trois examens et son chef-d'œuvre et, le jeudi 17 octobre 1765 étant reçu maître « en considération de ce que par la suitte (en conséquences d'une délibération unanimément acceptée par la Compagnie de Messieurs les anciens), Il ne sera plus donné de repas à l'occasion des chefs-d'œuvre, il a prié Messieurs les gardes de vouloir bien agréer la somme de cent soixante quatorze livres pour tenir lieu desdits repas et des dragées qui se distribuaient autrefois; la dite somme de 174 francs pour estre employée à la décoration du cabinet d'Histoire Naturelle et de la bibliothèque publique que la Compagnie de Messieurs les apothicaires entend élever en sa maison du jardin rue de l'Arbalestre ainsi que pour les cours publics, dont la ditte Compagnie conviendra par la suitte.

Les gardes ajoutent au registre : Accepté les cent soixante quatorze livres aux conditions sus-dittes dont nous avons remercié M. Jean-Baptiste Pia (1).

Rien de bien saillant dans la carrière de cet apothicaire. Son nom se trouve mêlé à ceux des membres de la corporation, du Collège ensuite. Etabli d'abord dans la rue du Cimetière-Saint-Jean (2), il y reste jusqu'en 1768, pour passer ensuite au boulevard du Temple.

En l'an IX il est député du collège (3): en l'an X il est nommé prévôt : C'est le dernier prévôt du Collège (4). C'est le premier inscrit sur la liste des signataires de la Société de pharmacie (5), qui s'établit en l'an XII, à

(1) *Registre des matricules* n° 23.

(2) Le cimetière Saint-Jean était près de l'église Saint-Jean, derrière l'Hôtel de Ville et non loin de l'église Saint-Gervais.

(3) *Délibérations du Collège* n° 74, *des Archives*, p. 143.

(4) *Ibid.*, p. 375.

(5) *Registre* 60 *des Archives* n° 60, p. 6, à la suite du Règlement de la Société de pharmacie.

côté de l'Ecole officielle créée par le Gouvernement. Son nom ne figure plus sur la liste des pharmaciens à partir de cette époque.

Le second Pia, en dehors de la famille, vint à Paris de Coulommiers. Son immatricule est intéressante, parce qu'elle nous fait saisir dans leur application les conditions d'inscription du Collège de pharmacie, qui a succédé à la corporation.

« Ce jourd'huy jeudi, quatrième jour d'octobre mil sept cent quatre vingt et un, par devant nous, prévôts du Collège de pharmacie, s'est présenté pour parvenir a être reçu maître en pharmacie, M. Denis-Nicolas-Robert Pia, natif de Coulomiers Diocèse de Meaux accompagné de M. Buisson, notre confrère que nous avons agréé pour son conducteur et sur la représentation et remise qui nous a été par lui présentement faite : 1° de son extrait baptistaire tiré de la paroisse de Saint-Denis de Coulomiers en datte du 16 aoust 1763 duquel il résulte qu'il est actuellement âgé de trente six ans et dix mois ; 2° du certificat des sieurs Dufour et Lesquirliers l'aîné, tous deux membres bourgeois de Paris, et des sieurs Marin et Charlard, tous deux membres du Collège de pharmacie, en datte des 1er, 2 et 3 octobre contenant l'attestation des bonnes vies et mœurs du dit

Voici la signature de J.-B. Pia à diverses époques :

sieur Denis-Nicolas-Robert Pia; 3° du certificat à lui donné le six juillet 1781 par M. J.-B. Pia qui constatent ses études et exercice de l'art de pharmacie pendant l'espace de onze années dans cette capitale et après avoir reconnu qu'il avait une connaissance suffisante de la langue latine par l'explication que nous lui avons fait faire de différentes recettes du Codex de Paris l'avons admis à subir les examens nécessaires et prescrits aux aspirants à la réception de maître en pharmacie par arrêt du Conseil d'Etat du Roy, du onze septembre 1778 dans le temps et de la manière prescrite par le dit arrest du Conseil à la charge pour lui de se conformer tant au dit arrest qu'à la déclaration du 25 avril 1777 et de renoncer au moyen de sa réception en l'art de pharmacie à faire le commerce de l'épicerie directement ou indirectement même par forme d'association ou de voisinage sous peine de confiscation ce qui a été accepté par le dit sieur Denis-Nicolas-Robert Pia assisté de mondit sieur Buisson son conducteur qui ont signé avec nous prévôts du Collège de pharmacie le jour et an que dessus.

Pia, Buisson, Hérissant, Santerre, Demachy, Leroux de Clermont (1).

A la suite de la présentation, les prévôts envoient le nom de l'aspirant chez tous les maîtres du Collège, et, après avoir constaté qu'il n'est parvenu de la part d'aucune d'eux aucune opposition, ils l'inscrivent et reçoivent la somme de 2400 livres. Il passe successivement ses trois examens devant un jury composé du doyen, et des deux professeurs de pharmacie de la Faculté de Médecine, et des maîtres du Collège; et le 23 septembre 1781, après l'examen des opérations qu'il a exécutées seul et publiquement dans le terme de trois jours, il est admis à la maîtrise (2).

(1) *Registre* 74. Immatricules des membres du Collège de pharmacie, p. 61.

(2) *Ibid.*, p. 62, 64, 66, 67.

Quand plusieurs apothicaires du même nom se trouvaient dans la Corporation ou dans le Collège, ils étaient désignés dans les listes par les numéros I, II, III, alors même qu'ils appartenaient à des familles différentes. Les numéros indiquaient l'ordre d'ancienneté, à dater de leur réception à la maîtrise et la même personne prenait des numéros différents à mesure que disparaissaient ses homonymes. C'est ainsi qu'en 1781 Pia I est Philippe-Nicolas; Pia II, Jean-Baptiste; Pia III, Denis-Nicolas-Robert (1). Philippe-Nicolas étant mort en 1799; Jean-Baptiste devient Pia Ier et c'est sous ce nom qu'il est élu prévôt : Pia II est alors le Pia de Coulommiers. Enfin à partir de 1803, ce dernier devient l'unique pharmacien de ce nom.

Extrait du *Journal de Pharmacie et de Chimie*,
du 1er avril 1899.

42580. — Paris. Imprimerie F. Levé, rue Cassette, 17.

www.ingramcontent.com/pod-product-compliance
Ingram Content Group UK Ltd.
Pitfield, Milton Keynes, MK11 3LW, UK
UKHW020518180726
13839UKWH00005B/2158

9 782329 573670